AF236820

Klang & Bilder
www.sonimages.de

1

Autor und Vorwort

Meinen Kopf mitgezählt
hatte unser Dorf 1125
Einwohner. Klein genug
um Erlebnisse authen-
tisch und wahrheitsnah
wiederzugeben. Doch
gleichzeitig auch klein
genug, um Namen und
Orte nicht im Original zu
benennen. Also sind diese
verändert und sollten
dennoch Ähnlichkeiten auftreten, sind diese
rein zufällig.

Unser Dörflein schmückt ein Rokoko-Kirchlein
und sogar ein eigenes Dorfwirtshaus. Letzteres
keine Selbstverständlichkeit mehr in unseren
Tagen. Im Westen schlängelte sich ein Flüß-
chen mit Biberbestand, das freilich dem Rhein
in Köln, dem Nil bei Kairo oder gar dem
Mekong bei Saigon nicht das Wasser reichen
kann.

Ich wurde vor 40 Jahren aufgrund eines massiven Liebesanfalls stadtflüchtig. Und es zog mich, genauer ich zog selbst auf's Land. Der Frage, ob ich dies je bereut habe, folgt üblicherweise ein langes, tiefschweigendes Nachdenken, das meist von keiner Antwort abgeschlossen wird. Zumindest bin ich offenbar in den Jahren meines Landlebens diplomatischer geworden.

Das Leben auf dem Lande gilt vielen Menschen immer noch als in hohem Maße erstrebenswert. Das Häuschen im Grünen, die gute Luft sowie die stets freundlichen Nachbarn geben den Stoff ab, aus dem die Landleben-Träume gestrickt sind.

Naja, die stets freundlichen Nachbarn? Manchmal vergißt man bei den bierseeligen Stunden im Dörflein während des Maibaum- oder Gartenfestes den alten Spruch „Stadtluft macht frei!".

Oder man denke nur an die beständige Wahrheit im Sinnspruch des Dichters Friedrich von Schiller: „Es kann der Frömmste nicht in Frieden leben, wenn es seinem bösen Nachbarn nicht gefällt."

Nun, das gilt wohl für jede menschliche Siedlungsform, egal ob Zeltlager, Großstadtsiedlungen oder Landleben auf dem Dorf ….

Und sogar sprachliche Widersprüchlichkeiten wie das Rausch- und auch Arzneimittel Haschisch sowie der jüdisch-christliche Lobruf Halleluja finden sich in meinem dörflichen Lebensraum.

Gustl Mair

© **2018**
Zeichnungen G. Mair - Fotos G. Harfold

Herstellung und Verlag:
BoD- Books on Demand, Norderstedt
ISBN: 978-3-7528-3366-9

Was wird geboten?

+ Autor und Vorwort   1

+ Lampenfieber   5

+ Die Fronleichnams-Prozession   8

+ Der Plattlsepp – eine buddhis-   13
tische Unterwanderung

+ Kornblumen und Cannabis   17

+ Faustrecht zur Maifeier   34

+ Frau Lobrecht lebt ab   38

+ Damengymnastik   43

+ Zeltgottesdienst   48

+ Zickenkampf - Zoff beim   52
   Frauenbund

+ Das Gartenfest   56

+ Hans-guck-in-die Luft   63

+ Das „strahlende"   67
Gemüseparadies

+ Der Transvestit   69

+ Rock-Requiem - Joes Weg in   73
die Ewigen Jagdgründe

+ Onkel Erich – und die   78
musikalische Verknappung

+ Der Hundsnix – eine   92
Nachkriegs-Kindheit

+ Mord und Sühnekreuz   95

Lampenfieber

Vor Beginn einer Autorenlesung oder einem Konzert leide ich mehr oder weniger an einer speziellen Art von Krankheit. Manche Gäste im Publikum glauben an die Nebenwirkungen der Fettleber aufgrund von übertriebenem Alkoholgenusses .

Ja, es stimmt: wenn man auf einer Bühne steht oder einen Vortrag vor Publikum präsentiert, leiden viele Künstler unter einem psychischen Unwohlsein. Ganz genau, dem sogenannten Lampenfieber.

Sie haben wahrscheinlich keine Vorstellung, was ich schon alles gegen mein Lampenfieber unternommen habe. Schließlich hat jeder Künstler ja seine eigene Lampenfieber-Bekämpfungsstrategie.

Diese ist auch notwendig, wenn deine Finger vor dem Auftritt zittern und dir scheinbar übel vom Geruch deines eigenen Achselschweißes wird. Der Gaumen ist trocken wie ein Stück Leder in der Hochsommersonne. Und du hast den Eindruck, daß dein Gesicht weiß wie ein Stück Kalk ist. Hoffentlich bringst du einen Ton

bei deinem Vortrag heraus und trotz des
Publikums scheinst du der einsamste Mensch
der Welt zu sein.

Und dann spürst du es unaufhaltsam deinen
Rücken emporkriechen: das Lampenfieber!
Genießer unter Lampenfieber-Leidenden
kennen Rioja, Chianti, Grauburgunder und
andere Rotweinsorten, wobei häufig die
konsumierte Menge wichtiger als die Qualität
ist. Wein und ich - kaum positive Ergebnisse.

Exoten unter den Künstlern kennen die
unterschiedlichen Wirkungsweisen von

Haschisch, Cannabis und Marihuana. Bei mir:
außer intensive Müdigkeit, kein Resultat.
Und zur Intensivbehandlung von Lampenfieber kommen häufig Whisky und auch
anderer Schnaps zur Anwendung, obwohl alle
der vorgenannten Mittel meist nur Hände und
Waden lähmen und die Sinne vernebeln. Sonst
nix!
Wirkungslos waren bei mir auch natürliche
Beruhigungsmittel wie Johanniskraut oder
Hopfenpillen. Keinerlei Nutzen.
Oder man schießt aus ganz schwerem Geschütz
mit BETA-
Blockern und
hofft damit, die
Unruhe zu
stillen . Habe ich
nicht probiert.

Auch die Frage
an einen
Psychiater nach
dem geeigneten
Mittel gegen
Lampenfieber
verspricht nicht
immer ein

9

positives Resultat. „Also ich wollte eigentlich Musiker werden", erklärte der Herr Seelendoktor bei unserer gemeinsamen Sprechstunde, „doch ich konnte mein Lampenfieber nicht überwinden. Deshalb sitze ich heute in meiner Psychiatrie-Praxis. Eines jedoch möchte ich Ihnen als Rat mitgeben: starten Sie stets mit einfachem Repertoire, um langsam in den Vortrag hineinzukommen."

Na sowas, dachte ich bei mir. Wenn das bei allem Kunsttheater nichts nützt, dann werde vielleicht anstatt Künstler eben Psychiater. Da hätte man wenigstens ein geregeltes Einkommen …

Fronleichnams-Prozession

Er war schon etwas ungewöhnlich: der Herr Pfarrer Mathias Hutterer. Mit französischem Couturier-, also Maßschneider-Anzug und schwarzem Seidenhemd - eigentlich viel zu elegant für sein Amt, das er in einem Dörfchen auf dem Lande versah. Fast ein bißchen wie der Pfau auf einem Misthaufen.

Ausgefallen war er auch noch aus anderer Sicht: erschien er doch seiner Partnerin scheinbar viel zu nah. Oder war sie nun seine Assistentin, seine Haushälterin? Oder wie immer man die Mitbewohnerin des Pfarrhauses nennen wollte. Keinesfalls war sie das brav-biedere Kocherl, das man oft aus früheren Pfarrhaushalten kannte.

Ja - und er? War er tatsächlich der katholische Dorfpfarrer seiner 1200 Seelen-Gemeinde? Dass er seine Assistenin duzte, war bei der ungefähren Altersgleichheit ja noch tolerierbar. Aber dass sie bei ihren abendlichen Spaziergängen manchmal händchenhaltend in den dorfnahen Feldern gesehen wurden, irritierte doch so manchen Mitdörfler. Aber niemand wagte es offen auszusprechen, dass der Pfarrer mit seiner Assistentin ein Verhältnis pflegte, das vermutlich über kirchliche Belange hinausging. Tja, es wurde viel über Zölibat getuschelt – aber niemand wußte etwas Genaues.

Fronleichnam, ein Hochfest im Jahreszyklus der katholischen Kirche stand vor der Tür. Ebenso ein Hochfest für Blaskapelle und Feuerwehr des Dorfes. An den Feuerwehrlern kam an diesem Tag kein Nichtdörfler vorbei. Mit Paradeuniform und

Rokkokokirchlein aus Blüttenblätter-Collage

gestrengem Gesichtsausdruck waren die sich ihrer Bedeutung beim Absperren der Straßen bewußt. Die Blaskapelle hatte neben der Schubert-Messe schweres Mollton-Repertoire aufgelegt, um dem Fronleichnamsumzug die nötige Würde zu verleihen.

Fast jedes Haus war mit Fahnen mit dem Motiv des Dorfemblems oder dem des Freistaates geschmückt. Und viele Fassaden zierten zusätzliche Blumenkästen oder Birkenzweige.

Das Aufstellen der Fronleichnams-Altäre war einigen Großökonomen, also Landwirten des Dorfes vorbehalten. Konservativ kommt von Bewahren und so gab es vier Landwirtsfamilien, die auf die Tradition des Altarrecht zu Fronleichnam schon mehrere 100 Jahre zurückblicken konnten,

Die Prozession verlief würdevoll und problemlos, doch es war nicht auszumachen, in wieviel der devot geneigten Köpfe die Sehnsucht nach dem anschließenden Frühschoppen im Dorfwirtshaus oder andere profane, also weltliche Gedanken das sakrale, sprich heilige Ambiente überlagerten.

Der letzte Altar war ebenso der Ort der Danksagungen durch den Vorsitzenden des Pfarrgemeinderates. Der Dank an die Feuerwehr, die Blasmusik, die Schmücker von Hausfassaden und Altaren kroch in das Mikrofon, den Verstärker und in die Lautsprecheranlage. Die Dankesworte schienen aus dem ganzen Dorf, ja aus dem letzten Mausloch des Dorfes wider-zuhallen. Und schließlich erklangen sie - die fatalen Worte des Herrn Pfarrgemeinderats-Vorsitzenden:

„Und unser besonderer Dank gilt Herrn Pfarrer Hutterer **und seiner Frau ....**".

Der Buchstabe „u" von Frau hatte kaum die Membrane des Mikrofons erreicht, als sich der Herr Pfarrgemeinderats-Vorsitzende seines sprachlichen Lapsus bewußt war. „Ääähh, äääääh ...", stotterte er. „Äääääh, ich meine natürlich den Herrn Pfarrer Hutterer und seine Assistentin ...!"

Doch es war gesagt und nicht mehr rückgängig zu machen. Da hatte sich sprachlich Bahn gebrochen, was lang hinter vorgehaltener Hand über Pfarrer und Assistentin die Runde machte, frei nach dem

Motto „Wes das Herz voll ist, des geht der Mund über." Das eine oder andere Kichern oder Prusten war aus der Fronleichnams-Umzüglermenge zu hören. Doch das laute Gelächter aus dem Kreis der Dörfler, das dieser sprachliche Fehltritt verdient gehabt hätte, war aufgrund der würdig-unwürdigen Situation nicht zu hören.

„Plattlsepp „ und der Buddhismus

Er war der 1. Plattler und Star der örtlichen Schuhplattlergruppe. Und nicht nur in seinen Vereinskreisen, sondern im gesamten Umland nannte man den Sepp nur den „Plattlsepp".

Wenn bei seinen Bierzelt-Auftritten die wohl-geschliffenen Gesichtszüge aufgrund der Konzentration fast ernst wurden, seine schwarzen Locken auf und ab hüpften und seine Sprünge ihn fast aus der Lederhose katapultierten; ja, dann schmolzen viele Mädchenherzen und manche Trachtenmaid wünschte sich mehr als einen verstohlenen Blick auf den „Plattlsepp". Denn der Sepp war ein Bilderbuch-Mannsbild, der sogar manche potenzielle Schwiegermutter in feuchte Träume versetzte.
Doch anstelle einer dörflichen Traumhochzeit kam alles ganz anders.

Sepp war nämlich Monteur einer Elektro-installationsfirma, die häufig auch Projekte in aller Welt abwickelte. Und im Herbst kehrte der Sepp von einer mehrmonatigen Montage-reise aus Laos in Südostasien zurück. Er war nicht nur braun gebrannt und hatte ein paar Kilo verloren, sondern er hatte auch noch eine faustdicke Überraschung im Gepäck: sie hieß Htei Htwe und so stellte der „Plattlsepp" auch seine bildhübsche, zierliche Begleiterin vor, deren schwarzes, glänzendes Haar über die Pobacken reichte. Doch Htei Htwe war nicht nur Sepps Reisegefährtin – er hatte seine europäische Herkunft auf dem Altar der Liebe geopfert und die mandeläugige Schönheit während seines Asienaufenthalts geheiratet. Der Sepp hatte offenbar seine einstige Trachten- und Lederhosenwelt gänzlich über Bord geworfen und sich nach dem buddhistischen Ritus vermählt. Der einst Blasmusik- und volkstanzgestählte „Plattlsepp" hatte sich für seine orientalische Lebensgefährtin komplett dem Buddhismus verschrieben.

Was manche seiner Verwandten und Freunde höchst eigenartig empfanden: der junge Mann

Buddhistische Pagodenlandschaft

hatte auch sein Äußeres der Liebe geopfert. Er trug seit seiner Rückkehr weiße Schlapperhosen und dazu ein gelblich-farbenes, knopfloses Schlapperhemd.

Der einstige Kinn- und Backenbart war verschwunden. Ja sogar das ehemals dichte dunkle Haupthaar war offenbar der buddhistischen Hochzeitszeremonie zum Opfer gefallen und sein Schädel glänzte wie ein eingecremter Kinderpopo.

Wie heißt es so treffend in einem alten heimischen Sprichwort:
„Wo die die Liebe hinfällt, da bleibt sie liegen. Und wenn es auf dem Misthaufen ist."

Und dazu ein kräftiges buddhistisches Mantra :
„Om mani padme hum" = O, Kleinod in der Lotusblüte.

Doch auch Verbotenes tritt an Orten hervor, an denen sich scheinbar die Welt im richtigen Tempo dreht. Wagen Sie einen näheren Blick.

Kornblumen & Cannabis

Enormer Einsatz passt zu Philipps Engagement, das er für das Wohl seiner heimatlichen Pfarrgemeinde an den Tag legt. So wirkt er bei der Organisation von Gottesdiensten und Gebetsstunden ebenso mit, wie bei der Unterstützung von Kommunion- und Hochzeitsfeiern oder bei Beerdigungen. Natürlich ist Philipp auch mit Rat und Tat bei den Sitzungen des Pfarrgemeinderates anwesend, wo die Geschicke des dörflichen Rokokokirchleins und seiner Schäflein beinahe basisdemokratisch gelenkt werden. Und diese Vielzahl der kirchlichen Tätigkeiten, die Philipp mit immergleicher Freundlichkeit versieht, bringen ihm gelegentlich den Kosenamen „Vater Teresa" ein. Vielleicht eine Anlehnung an die weltberühmte Ordensschwester und Missionarin „Mutter Teresa", die in Indien den Ärmsten der Armen zu Diensten war. Doch den Titel „Vater Teresa" benutzen die Mitdörfler meist nur hinter vorgehaltener Hand oder wenn Philipp nicht anwesend ist.

Auch seine Frau Karolina wandelt engagiert auf kirchlich-sozialen-Pfaden, wenngleich mehr in praktischer Weise. Sie ist so etwas, was man im Volksmund eine„gute Seele" nennt. Ihr Refugium ist der Garten des Pfarrhauses, wo sie mit großer Hingabe bei der Bepflanzung nach dem Rechten sieht. Dieses grüne Areal von der Größe eines Viertel Tennisplatzes fordert viel von Karolinas Freizeit. Je nach Jahreszeit gilt es feuerrote Iris, tiefblaue Gladiolen, dickblühende Astern oder gold-strahlende Sonnenhüte zu bewässern oder von Unkraut zu befreien. Ja es gibt auch ein Quadratmeter großes Beet, in dem sogar Kornblumen wachsen. Diese sind ja auf den Feldern meist Unkrautvernichtungsmitteln zum Opfer gefallen. Neben Nutzkräutern wie würzigem Salbei, nadeligem Rosmarin und stark duftendem Thymian gehören zu Karoli-nas grünen Zöglingen auch dicke Salatköpfe und leuchtendrote Tomaten. Manchmal gedei-hen unter ihrer Pflege und dank ihres grünen Daumens unter unscheinbarem

Gemüse aus dem Pfarrgarten

Blattwerk, halb unterirdisch knackige Radies-
chen. Alles in allem entsteht dank ihrer
Zuwendung ein kleines Paradies im Pfarrhaus-
garten. Neben aller Gartenharmonie engagiert
sich Karolina auch noch bei anderen „Pflänzchen": beim freiwilligen Sozialdienst in einem
Jugendhaus der nahegelegenen Bezirkshaupt-

stadt. Viele der dort einsitzenden Jugendlichen können bereits auch eine Rauschgift-„Karriere" vorweisen. Deshalb ist einer von Karolinas Arbeitsgruppen-Schwerpunkten das Thema „Rauschgift". Und sie trägt ihre Sichtweisen zum Drogenkonsum in der ihr eigenen gutherzigen Art vor.

Alles in allem sind Karolina und Philipp erheblich mehr als ein deutsches Durchschnitts-Ehepaar. Nicht nur deshalb, weil sie mit drei eigenen Kindern deutlich über dem Durchschnitt deutscher Ehepaare liegen. Diese erreichen ja nur einen statistischen Mittelwert von 1,38 Kindern. Nein, es ist auch das freiwillige, religiös-gesellschaftliche Engagement, das die beiden neben ihren alltäglichen Aufgaben und Pflichten noch erbringen. Doch auch bei diesen braven Leutchen und ihrem Dörflein mit dem Zwiebelturm-Kirchlein und Dorfwirtshaus, die in trauter Symbiose vermeintlich Frieden und Beschaulichkeit ausstrahlen, beginnt eines Tages die Erde zu beben. Es scheint schlagartig vorbei zu sein mit dem „Where the world turns" – oder „Wo die Welt in Ordnung scheint".

Auch Fred hat wie Philipp die Ziellinie des Berufslebens mit fester Arbeitszeit und fremdbestimmtem Schaffen überschritten. Der Drittzähne-Lebensabschnitt bringt auch bei Fred unvermeidlich Alterssteifheit und zunehmende Verfettung mit sich. Dagegen anzukämpfen ist eine der wichtigen Aufgaben im Seniorenalter. Seine tägliche Runde mit dem Fahrrad durch die Nachbarortschaften sind ein festes Ritual geworden, das nur bei Regen oder Schnee ausgesetzt wird. Und die Tour durch die heimatlichen Dörfchen, sowie entlang endloser Maisfelder, gehören zu seinem Leben wie die Tabletten gegen Bluthochdruck und Gicht. Fred konzentriert sich bei seinen Rundfahrten vor allem auf die Tier- und Pflanzenwelt an seiner Strecke: lautstark lamentierende Krähen, plötzlich auffliegende Graureiher oder hektisch flatternde Goldammer-Pärchen. Dabei erinnert er sich beim Durchqueren der Monokulturen aus Mais, meistens der dubiosen Folgen der Biosprit-Erzeugung, die jedoch schon beim nächsten Stopp mit dem Auto an der Tankstelle wieder vergessen sind. Nach ein paar Kilometern führte ihn seine letzte Etappe auch durch das

Heimat-dorf von Karolina und Philipp, zu dem oft ein kleiner Plausch am Gartenzaun des Pfarr-gartens gehört, wo sich Karolina häufig in der „Blauen Stunde" vor der Dämmerung aufhält. Man kannte sich schon seit Urzeiten und die drei schätzten die scheinbar altmodische Form der Kommunikation. Diese existiert beim sogenannten ‚Social Media' à la Facebook natürlich nicht mehr , hat jedoch dafür den Amerikaner Marc Zuckerberg (sprich ‚Sakkerbörg') und ähnliche Konsorten zu Multimillionären gemacht. Genau dieser altmodischen Art der persönlichen Unter-haltung und des Gedankenaustausches von Angesicht zu Angesicht frönen die Jung-senioren, deren Wiege in den frühen 50ern des letzten Jahrhunderts stand. Fred, Philipp und Karolina – sie bleiben von Herrn Zuckerberg, American Fastfood à la Big Mac – ja vom ganzen American Way of Life verschont.

Kommen wir also zurück zum Erdbeben, das die Welt von Karolina und Philipp erschüttern sollte. Eigentlich war es weniger eine tektoni-sche Erschütterung, als eine unscheinbare Pflanze, die in Philipps und Karolinas Pfarrgarten aufgegangen war. Vier dieser stattlichen Gewächse ragten etwa drei Meter himmelwärts und streckten ihre spitzen Blätter bedrohlich von sich. Ihre weißen Blüten und ihr etwas strenger Geruch boten sowohl für das Auge als auch für die Nase ein spezielles Erlebnis.

Hanfpflanze in dörflicher Idylle

„Ja was wächst denn da bei euch auf eurem ‚heiligen' Boden?", fragte Fred scherzhaft die inoffizielle Pfarreigärtnerin.

„Du, ich habe keine Ahnung", meinte Philipp zu Fred. „Das ist scheinbar mit dem Vogelfutter aufgegangen."

„Was? Du willst doch nicht allen Ernstes behaupten, dass ihr diese Pflanze nicht kennt?"

„Nein!", sagte Karolina glaubwürdig. „Ich habe keine Ahnung. Warum, was ist das denn?"

„Das ist Hanf."; gab Fred zur Antwort, um sogleich hinzuzufügen: „Man nennt seine Blüten auch Cannabis."

Karolinas Augen schienen sich in diesem Augenblick auf die Größe der männerfaust-großen Tomaten zu weiten, die im hinteren Teil des Pfarrgartens ihrer Endröte entgegenreiften. Und Philipp war offensichtlich auf dem Weg zu einem Ohnmachtsanfall.

‚Cannabis!' „Du lieber Himmel! Dieses Zeug werde ich sofort herausreißen!", schrie Karolina entsetzt. In diesem Moment schien nun Fred vom Entsetzen befallen und beruhigte die beiden mit der Bemerkung: „Für diese Pflänzchen übernehme ich die Patenschaft, bis sie reif sind."

„Ja, wenn du meinst ….", erwiderte das ‚Pfarreigärtner-Paar' noch immer etwas mißtrauisch, ließ sich jedoch auf Freds Vorschlag ein. Und so kam es, dass Fred am Ende seiner täglichen Radtour liebevoll eine volle Gießkanne aus der Wassertonne des

Pfarrgartens auf seine grünen Schützlinge goß.

Kaum ein Jugendlicher kam in den späten 60er Jahren des vergangenen Jahrhunderts am Thema Drogen oder Rauschgift vorbei, wie es damals bei den Erwachsenen hieß. Freds Erfahrung mit Cannabis war zunächst passiver Natur und führte über mehrere Stationen: er erlebte das Marihuana-Schwaden vernebelte „Woodstock"-Festival -- leider nur im Kino, sah im Theater die Aufführung des Hippie-Musicals „Hair" mit seiner Hymne auf Drogen. Und er fuhr in Gedanken im Kino mit Peter Fonda und Dennis Hopper auf dem Motorrad durch die Szenerie und Landschaften des Films „Easy Rider", in dem unter anderem die schaurig-schöne Ballade vom „Pusher", alias dem Drogenhändler zu hören war.   Freds erster Drogen-Selbstversuch fand dann schließlich in einem ungewöhnlichen Umfeld statt – nämlich während seines Bundeswehr-Dienstes in der König-Otto-Kaserne der Landeshauptstadt. In Freds Kompanie trafen drei Fraktionen aufeinander: die Alkohol-Freaks, bei denen Konsum in der Kantine mit Schnaps und Bier im Mittelpunkt standen. Dann die Kiffer, die ihre Joints meistens irgendwo heimlich bei einem konspirativen

Treff qualmten. Und da waren noch die „Sauberen", die weder Gerstensaft noch Gebrannten und schon gar nicht Cannabis, alias Shit, Gras oder Dope zu sich nahmen. Letztere waren für Fred einfach nur langweilig. Bier und Schnaps kannte er, aber er hatte nie eine Warnung vor deren Konsum seitens eines Erwachsenen gehört. Aber das Rauschgift! Das wurde von den Eltern, dem Herrn Pfarrer und seinen Lehrern als wahrhaftiges Teufelszeug gebrandmarkt. Da war es natürlich selbstredend, dass er sich eines schönen Sommertages einer Kiffergruppe in der Kaserne anschloß.

Der Kiffer-Treff, eines der Sechs-Mann-Zimmer im Kompaniegebäude war mit Vorhängen aus dicken Wolldecken verdunkelt wie zu einer mondlosen Geisterstunde in einer Dezembernacht. Sieben Mann, überwiegend im nato-oliven Arbeitsdrillich saßen um einen Tisch, in dessen Mitte eine einzelne Haushaltskerze mageres Licht und schaurige Schatten an Wände und Schränke warf. Eine vielfarbige Langspielplatte, bei deren Drehen auf dem Plattenteller die Oberflächengrafik zu verschmelzen schien, füllte den Raum mit psychodelischer Musik im Stile von Iron Butterflies' „In a gadda da vida". Charly, der eigentlich völlig unamerikanisch Karl hieß, ein Gruppenmitglied auf den das Wort Kamerad nicht so recht passen wollte, tanzte er doch in ekstatischen Bewegungen in einer Art knöchel-langem Nachthemd, mit goldenen Ornamenten verziert, wie ein außer Kontrolle geratener Derwisch mit seiner arabischen Jalaba durch den Raum. Schließlich kam der große Augen-blick: der Joint wurde angezündet. Natürlich hatte Fred Angst – überschritt er doch an diesem Nachmittag die Verbotsgrenze in das Rauschgift-Territorium, hinein in ein neues Bewußtseins-Stadium. Er hatte seine Vorrau-cher genau beobachtet und ahmte ihr intensives Einsaugen des Rauches und dessen längstmög-lichen Verbleib in den Lungenflügeln nach. Heute weiß er nicht mehr, wie oft der Joint damals gekreist ist. Doch in seiner Erinnerung ist verblieben, dass der Nachthemdtänzer Karl auch beim inzwischen auf der Schallplatte erreichten Lied „Don't Bogart the Joint my Friend" immer noch wild fuchtelnd, völlig unpassend zum Rhythmus dieses langsamen

Westernsongs durch den Raum drehte.

Jeder Joint ist einmal geraucht und verraucht -
so auch jener an diesem immer noch sommerlichen Kasernen-Nachmittag. Fred war
total enttäuscht – er hatte nicht die erwarteten
schönen Träume, keine spektakulären Visionen
und auch keine Halluzinationen, die ihn ins
Jenseits hätten blicken lassen. Er war lediglich
etwas müde und das Blut schien wie Mine-
ralwasser durch seine Adern zu perlen. Doch
der große Kick blieb aus. Ob es an der Qualität
oder am Mischungsverhältnis des Joints lag?
Was blieb, war der Geruch der verqualmten
Tabak-Cannabis-Mischung, die der Regio
olfactoria, also der Nasenschleimheit einen
eigenartigen Geschmack hinterließ.

Jahre später bei einer Reise nach Jamaika
begegnete Fred dem afrikanisch-karibischen
Verwandten von Marihuana, der dort Ganja
heißt. Und zwar so: er lief von seinem Hotel zu
einer etwa zwei Kilometer entfernten Tankstelle, um dem horrenden Preis für Zigaretten
in seiner Herberge zu entkommen. Auf dem
Rückweg trat überraschend ein Jamaikaner aus

dem Gebüsch neben der Straße und lief eine
Weile neben Fred her. Nachdem beide über ihre
Herkúnftsländer erzählt hatten, bot der Jamaikaner seine Dienste als Reiseleiter an. Fred
lehnte ab, da er bereits eine Rundfahrt gebucht
hatte. Als sich Fred eine Zigarette anzündete,
fragte auch „Mister Jamaika" nach einem
Glimmstengel. Längst hatte Freds Riechorgan
den untrüglichen Marihuana-Duft ausgemacht,
den sein Weggefährte aus allen Knopflöchern
verströmte. „What would you say, if I give you
two cigarettes and you give me two of yours.",
erstaunte Fred den Jamaikaner, in dem er
diesem zwei seiner Industriezigaretten gegen
dessen „Jamaican Sandwiches" anbot. Gesagt,
getan und schon wechselten je zwei Zigaretten
unterschiedlichen Inhalts den Besitzer. Dieser
Jamaika-Joint war authentisch und er schickte
Fred wie betäubt für einige Stunden auf seine
Sonnenliege: dort war er also „stoned".

Ein paar Jahre nach dem jamaikanischen
Abenteuer, erzählte ein guter Freund Freds von
seiner kleinen Hanfkultur in seinem
Schrebergarten. Als Fred dies nicht glaubte,
brachte ihm der heimische ‚Drogenbaron' zwei

Dolden zum Verkosten. An einem heißen Sommernachmittag - bei dem Schuheputzen im Freien angesagt war – bereitete sich Fred eine Mischung aus je 50% Tabak und Cannabis. Bereits beim Hinunterbeugen zum Glänzen seiner Schuhe spürte er, wie die Müdigkeit von seinem Körper Besitz nahm. Und schon bald wurden seine Glieder schwer wie seinerzeit in Jamaika und er wurde müde wie nach ein, zwei Nächten ohne Schlaf, so dass er sich an diesem helllichten Sommernachmittag auf seiner Couch niederstrecken mußte.

Fred liebte das Maifest in seinem Dorf. Und er mochte es, nach dem Genuß von drei bis vier Maß (Maß=1 Liter) Faßbier, einigen seiner Mitdörflern ungeschminkt, seine alkohol-getränkte Wahrheit ins nackte Angesicht zu sagen. Dies war gefahrenfrei möglich, wurde Fred an solchen Tagen doch als quasi voll-trunken und damit als nicht zurechnungsfähig eingestuft. Nach dem Schuhputz-Cannabis-Erlebnis wollte Fred auch die Bier-Cannabis-Kombination testen. Nach dem ersten Liter rollte er einen fetten Joint. Dabei hatte ihn eine der Dorfbewohnerinnen vom Nebentisch aus beobachtet. Neugierig setzte sie sich zu Fred und wollte unbedingt „auch mal einen Zug nehmen". Soviel sei gesagt: es war mehr als ein Zug. Tage später erfuhr Fred von seiner Mit-dörflerin, dass sie diesen Abend und die ganze Nacht total „stoned" war und ohne Unter-brechung bis lang in den Vormittag durchge-schlafen hatte.

Fred hat für sich eine Formel herausgefunden: Eine Maß = ein Liter Bier plus + ein Joint hat die gleiche Wirkung wie ca. vier Maß Bier. Vielleicht ist dies ein Grund für die Hexenjagd auf Cannabis: und anderes Rauschgift: denn die Behörden können die Herstellung und den Genuß von Bier und Schnaps mittels Manome-tern messen und so ihre Steuereinnahmen taxieren. Bei Cannabis geht das nicht.

Eines Tages rief Karolina aufgeregt bei Fred an: „Du mußt sofort kommen und diese Pflanzen ernten. Es waren in den letzten Tagen schon ein paar Jugendliche bei uns am Gartenzaun und haben neugierig hineingeschaut !" Um Karo-linas Erregung zu lindern, erntete Fred schließ-lich seine Cannabis-Patenpflanzen aus dem Pfarrgarten und präparierte sie zum Rauchen.

Erstens kommt es anders, und zweitens als man denkt, heißt es in einem alten Spruch. Aufgrund von Beklemmungen in der Brust stattete Fred einem Kardiologen einen Besuch ab. Ergebnis: vier Stents in den Herzarterien – und absolutes Rauchverbot.

So fanden Karolinas Cannabis-Blüten den Weg zu ihrer natürlichen Bestimmung: nämlich auf den Komposthaufen.

Freinacht-Faustrecht

Oskar und Betty – ein kinderloses Pärchen im Dorf sind in die Jahre gekommen. Beide gut über 80 Jahre, aber offenbar weit von der sogenannten Altersweisheit entfernt. Sie sind nicht mild und gütig wie viele andere ihrer Altersgenossen auf der Zielgeraden des Lebens. Er war der Typ „Stinkstiefel", stets für einen Streit zu haben. Und sie mit ihrem scheinbar behaarten Gebiß weit entfernt von mütterlicher Güte. Im südlichen deutschsprachigen Raum nennt man die Nacht vom 30. April auf den 1. Mai Freinacht oder auch Hexennacht. Jugendliche nutzen diese Nacht gerne, um den Maibaum anliegender Gemeinden zu stehlen oder Gartentürchen auszuhängen und für sonstige mehr oder weniger derbe Scherze.

In der Freinacht ist vieles erlaubt. Jedoch nicht alles. Und schon garnicht das Faustrecht. Oskar und Betty sind in hohem Maße verärgert über die Umtriebe bei einer Feier zum 1. Mai in der Nachbarschaft. Beide regen sich über das Treiben eines 11-Jährigen und einer dazukommenden Passantin derart auf, daß es diesen ein paar Ohrfeigen, im süddeutschen Dialekt „Watschen", verabreicht. Die beiden Senioren sind daraufhin erstmals in ihrem Leben mit der Justiz konfrontiert und verlassen das Gerichtsgebäude mit einer Geldstrafe wegen Körperverletzung und Beleidigung. Was war passiert? Es war fünf vor zwölf in jener Freinacht, als den beiden Senioren der Kragen platzt. „Herr Richter", beginnt Oskar seine Verteidigungsrede, „den ganzen Tag haben diese Krüppel mit Klopapier die Autos umwickelt, haben ständig die Ampel auf Rot geschaltet. Und die Eltern haben nichts dagegen unternommen, sondern nur gesoffen. Und dann ist auch noch unser Hoftor ausgehängt und weggetragen worden. Die Freinachtscherze der Dorfjugend erregten das Seniorenpaar derart, daß Betty nach draußen lief, einen Buben an den Haaren packte und ihm eine Watschen verpaßte. Allerdings erwischte sie offenbar den Falschen. Der Elfjährige hatte seelenruhig mit seinem Freund auf einer Bank gespielt. Die Mutter eines anderen Kindes, die die Szene beobachtet hatte, griff ein und drängte Betty zurück. Die stolperte rückwärts, fiel über den Randstein und stürzte zu Boden. Das war das Startsignal zum Freinacht-Angriff für Oskar, den Ehemann der Gefallenen. Er holte aus und schlug der Passantin ins Gesicht. Umrahmt war der Einsatz des Seniorenpaares von Beleidigungen wie „Drecksau, Nutte, Zigeunerpack", was von Zeugen bestätigt wurde. Die angeklagte Ehefrau räumt nun zwar ein, sie habe dem Buben, wie man im Schwäbischen sagt „eine Fotzen" gegeben; sie habe ihm aber nur „an einem Schippel Haare angefaßt". Auch der Ehemann Oskar fühlt sich nach wie vor im Recht. Er ist immer noch der Ansicht, die Passantin habe seine Frau umgestoßen. „Da habe ich ihr halt eine geschmiert. Und wenn ich noch richtig laufen könnte, Herr Richter, dann hätte ich sie erschlagen". Der Richter, dessen Geduld durch die Angeklagte Betty und ihr ständiges Dazwischenreden in hohem Maß strapaziert war, kann letztlich weder Einsicht noch eine Spur von Reue bei den beiden Alten erkennen. Er verhängt gegen die Ehefrau eine Geldstrafe von € 2000 und gegen Oskar € 1000 und beendet den Prozeß mit einer Standpauke. Es habe nicht den geringsten Grund gegeben, den Buben brutal an den Haaren zu packen und zu

ohrfeigen. „Auch mit 80 Jahren darf man keine Straftaten begehen", schreibt er Betty ins Stammbuch. Und an die Adresse von Oskar: „Sie sind nicht der Dorfsheriff, der selbst bestraft und Watschen austeilt."
Sonderlich beeindrucken die Worte des Richters das Seniorenehepaar offenbar nicht. Betty und Oskar lamentieren über die heutige Jugend und verkünden: „Wir gehen in Berufung".

Der Fortgang der „Faustrecht-Freinacht" ist nicht bekannt. Natürlich sind in den dörflichen Lebensräumen nicht nur die Häuser und Wohnungen oder die sozialen Räume wie das Wirtshaus mit einem sommerlichen Biergarten, der Fußballplatz oder der Theaterstadel und die Kirche gewisse Schutzzonen. Irgendwann rückt auf der Lebenszielgeraden auch er in den Mittelpunkt – der Friedhof.

Frau Lobrecht lebt ab

„Hast du schon gehört? Frau Lobrecht ist gestorben," postuliert die schnappige Frau Blondhaar.

„Ach was, die Frau Lobrecht? Ja, wie alt war die denn? 80 oder 85 Jahre? Oder sogar noch älter? Aber angesehen hat man ihr das nicht. Hat Sie jetzt Theresia oder Walburga geheißen?", fragte Teilnahme heischend Frau Braunhaar.

Ein typischer Dorfdialog nach einem Todesfall. Letztlich kannte kaum jemand das wahre Alter und den oder die Vornamen von Frau Lobrecht. Ich glaube sie hieß Walburga, was in vielen ländlichen Gemeinden etwas uncharmant auf Wally verkürzt wurde. Ihr Sohn, ja der kannte bestimmt Alter und Vornamen seiner Mutter. Und sicher auch ihre Tochter. Die beiden waren jedoch schon seit langem vom Heimatdorf ihrer Mutter weggezogen. Das äußere Erscheinungsbild der Verstorbenen glich dem vieler gleichaltriger Frauen: untersetzter Körperbau, Kleidung überwiegend grau oder schwarz im Seniorenstil, eher farblos, kaum oder keinesfalls bunt. Und außerdem war Frau Lobrecht die „gute Seele" der Pfarrkirche und des Friedhofes. War dort etwas zu tun: Frau Lobrecht war schon zur Stelle. Mich erinnerte sie stets an das Beatles-Lied „Eleanor Rigby". Von dieser Liedfigur heißt es, daß sie „die Blüten nach einer Hochzeit in der Kirche aufkehrt, dem Pfarrer die Socken stopft, und, und …". Vom Tod Eleanor Rigbys nimmt jedoch letzlich kaum jemand Notiz. Fast wie bei Frau Lobrecht.

„Ja und stell dir nur vor, bemerkt Frau Blondhaar, man hat sie in ihrem Garten hinter dem Haus direkt neben ihrem Hasenstall gefunden."

„Ach was? Wo doch die Hasen stets ihre Lieblingstiere waren.", hauchte scheinbar hingebungsvoll Frau Braunhaar.

Einen schöneren Tod kann man sich ja garnicht vorstellen, war die Abschlußbemerkung der beiden Trauertratschen.

Ja wie will ein noch so mitfühlsamer Ménsch denn so etwas wissen – was ein schöner Tod ist? Vielleicht hat die Verstorbene tatsächlich in den letzten Sekunden ihres Erdendaseins inmitten ihres geliebten Hasenrudels gekuschelt und sich an deren samtweichen Fellen gerieben.

Genauso wenig wissen wir Zurückgebliebenen oder besser Hinterbliebenen , ob der Ablebende nicht langsam qualvoll auf seinem Weg in die Ewigen Jagdgründe erstickt ist? Immerhin tröstet uns Lebende bzw. Überlebende der Gedanke an das Paradies. Das müssen wir uns allerdings mit den Muslimen teilen, weil deren Religion mit Allah und dem Propheten Mohammed die gleiche Himmel- und Hölle-Ordnung kennt, wie das Christentum. Nicht vorzustellen, wenn auch noch die Buddhisten, Hinduisten, Juden und Animisten in den Himmel und die Hölle drängen würden.

Vielleicht hat Frau Lobrecht der Blick von ihrer Himmelswolke auf ihre irdische Beerdigung gefallen. Da brachten nämlich kirchliche Würdenträger und Abgeordnete der Kirchenverwaltung wohlklingende Lobesreden auf Frau Lobrecht und ihre unermüdliche Arbeit in Kirche und Friedhof aus. Wahrscheinlich freute sich die Heimgegangene auch an den Klängen der Air suite Nr. 3 von Johann Sebastian Bach, die von der Dorf-Blaskapelle dargeboten wurde.

Gottseidank war Frau Lobrecht nicht Mitglied im Soldatenverein, was zugegeben bei ihrer ausladenden Figur in Uniform schwer vorstellbar war. Das Schlimme bei Beerdigungen von Mitgliedern des Soldatenvereines waren nämlich stets die Böllerschüsse, die die Schützenabteilung des Vereins mit kriegerischernstem Gesichtsausdruck in den Friedhofshimmel krachen ließ.

So konnte man sich zumindest ungefähr in die Kriege in der Ost-Ukraine, in Afghanistan oder in Syrien hineindenken.

Doch wer wollte das schon …?

Wir Menschen unternehmen ja wirklich alles, um das letzte Stündchen möglichst lange hinauszudehnen. Manche ernähren sich gesund, manche schlafen lange und andere haben Sport als probates Lebenselexier ausgewählt. Dabei stehen nicht nur Marathonläufe, Tour de France-artige

Fahrradstrecken oder schwindelerregende Gleitschirmflüge im Vordergrund.

Nein, auch Gymnastik ist bei manchen älteren Menschen äußerst beliebt. je nach dem ob es Übungen nach Turnvater Jahn oder chinesische Bewegungstechniken wie Tai Chi Chuan sind – alles hält Knochen, Bänder, Muskeln und Kreislauf sowie Blutdruck in Schwung.

Mutti macht Gymnastik

Nachdem unser „National-Bobbele" aufgrund
diverser Einsätze in Hotelwäschekammern die
Interessenskurve beim „Weißen Sport", also
dem Tennis, massiv hat abflachen lassen, geben
sich heute Männer im fortgeschrittenen Alter
oft dem Golfsport hin. Der sei ja angeblich
gesund, trägt aber auf alle Fälle zur Steigerung
des Sozialprestiges bei.
Und im Zeitalter des E-Bikes gewinnt auch das
Fahrradfahren dank des Akku-Antriebes wieder an Bedeutung.

In der Gymnastik-
stunde stählen die
Mütter ihren leicht
aus der Form
gegangenen Körper

Manche Männer betätigen sich anderweitig sportlich: z.B. begeben sie sich ein bis zweimal pro Woche zum Stählen ihres alternden Körpers zur Damengymnastik.

Damengymnastik deshalb, weil es in dieser Gruppe – eben außer dem einen – sonst keine männlichen Teilnehmer gibt. Und dieser Einzelmann dehnt also seine Sehnen und stärkt seine Muskeln quasi als Quotenmann im Kreise der „Muttis".

Diese Muttis wiederum treten häufig diätschlank , kosmetikgepflegt oder aerobicstromlinienförmig auf.

Früher, zur Knabenzeit des Damengymnastik-Mannes gab es keine Muttis . Da gab es die Mutter – zwei Meter hoch, zwei Meter breit und zwei Zentner schwer. Und bekleidet mit einer blauen Kleiderschürze.

Doch heute sind auch viele dieser Mütter sportlich und stählen ihren leicht aus der Form gegangenen Körper.

Sie bewegen sich im Rhythmus von Discomusik in silber-lurexenen Leggings oder pink-farbenen T-Shirts mit goldenen Textilapplikationen.

Wer als Mann bei diesen Anblicken der weiblichen „Orchideen der Schöpfung" nicht zu
künstlerischen Ausfällen inspiriert wird oder
kreative Einfälle hat, der ist wahrlich befreit
von jeglicher Fantasie. Dem männlichen Mit-
turner in der Damengymnastik-Gruppe fiel
jedenfalls das Lied von der „Mutti, die
Gymnastik macht" ein.

Das Vereinsleben ist ein zentraler Mittelpunkt
des dörflichen Lebens, egal ob Gartenbau-,
Musik- oder Sportverein – das gesellige
Beieinandersein gehört zu dem, was man heute
zum sog. Social Media im Internet zählt. Da
spielt es keine Rolle, ob der Anlaß ein Vor-
standsgeburtstag, ein Vereinsjubiläum oder
eine Weihnachtsfeier ist. Hauptsache ist es, daß
die Gläser klingen und die Korken knallen.

Mutti macht Gymnastik

Bemerkung: wer Texte schnell singen schafft, kann sich mit folgenden Zeilen zu Elvis Presleys „Jailhouse Rock" versuchen.

Wenn Mutti in der Küche die Kartoffeln schält
Und ihre rot lackierten Fingernägel quält
Dazu wippt die Hüfte und dann voller Swing
Denkt sie an den Abend und sie hüpft und
singt

Jetzt hopp, zur Gymnastik, zack-zack
Alle Mädchen hüpfen dort halbnackt
und Mutti schlägt dazu den Takt

Der Plattenspieler heizt den Damen kräftig ein
Porentiefer Schweiß, den bringt kein Deo klein
Der Bodystocking zwickt und ist fast zu eng
manchner BH-Träger reißt mit sanftem Peng

Jetzt hopp ....

Mutti schnauft ins Ohr der drallen Rosmarie
Mensch, siehst du heut' gut aus mit deinem
Minipli,
Es wär' ‚ne supergeile Sache für dich und mich
Wenn wir zwei Boogie tanzen bis morgen Früh.

Jetzt hopp....

Marie sitzt ganz still in einer Ecke rum
Schaut den Tänzerinnen zu, ist völlig stumm
Marie sei nicht traurig, sondern bleib ganz cool
Wenn du keinen Partner hast, tanz' mit einem
Stuhl.

Jetzt hopp....

Der Zelt-Gottesdienst

Hürrlingen steht Kopf! Die Freiwillige Feuerwehr feiert 50-jähriges Jubiläum.
Klar, dass so etwas gefeiert werden muss: mit
Festumzug, Fußballturnier und natürlich mit
einem Bierzelt. Und die Freiwillige Feuerwehr
beweist mit einer Messfeier im Festzelt auch
ihre Gottesfürchtigkeit.
Dort wo es am Vorabend noch nach Fassbier
und Erbrochenem roch, steht jetzt der Herr
Dorfpfarrer und waltet vor den demutsvoll
geneigten Köpfen der Zeltbesucher seines
Amtes.
Das Zelt ist knackevoll. Die Fußballmannschaft
der Freiwilligen Feuerwehr Hürrlingen und der
meisten anderen Turniermannschaften jedoch
sind abwesend.

Doch halt – mitten während des Gottesdienstes
öffnet sich ein Flügelfenster des nebengele-
genen Sportheimes. Zwei krankhaft bleiche
Gesichter mit verquollenen Augen tauchen dort
wie Schreckgespenster auf, als wollten sie
gegen die weihevollen Kirchenlieder wie gegen
eine ungesetzliche Lärmbelästigung protes-

tieren. Es ist der Libero der Hürrlinger
Feuerwehr-Fußballmannschaft und sein
Mittelstürmer. Die haben gestern Nacht in der
Zeltbar die gegnerischen Feuerwehr-Fußballer
mit einer Unmenge von Whisky-Cola und
Wodka-Orange in einer lebervernichtenden
Verlängerung bis zum Morgengrauen
niedergeschluckt.

Kaum ist das letzte Halleluja des Zeltgottes-
dienstes verhallt, übernimmt wieder das
Weltliche in Form von Weißwürsten und
Maßkrügen das Kommando.
Der Herr Pfarrer Bachmann, wahrlich kein
Frömmler, sondern ein durchaus wohltuend
barocker Kirchenmann, sitzt am Biertisch mit
dem Vorstand der Hürrlinger Feuerwehr, dem
Wiesenbauer Schorsch, Groß-Schweinemäster
daselbst. Jeder mit einem Liter frischschäu-
mender Gerstenkaltschale. Der Herr Pfarrer
zweifelt, ob sein „allerhöchster Chef" und er bei
derartigen Zelt-Gottesdiensten nicht von den
Veranstaltern missbraucht werden, nur um den
anschließenden Bierumsatz zu steigern ?
"Ich meine natürlich nicht die Freiwillige
Feuerwehr Hürrlingen...", fügt Herr Hoch-

würden zu seiner Ehrenrettung schnell hinzu.
"Aber seien Sie ehrlich, Herr Wiesenbauer"
betont er, sich dabei den Bierschaum mit dem
manipellosen Handgelenk von der Oberlippe
wischend: „Die Gefahr der Vereinnahmung des
Sakralen durch das Weltliche besteht doch."

Der clevere Schorsch, dessen Intelligenz-
quotient sogar den seiner Schweine übertrifft,
wiegelt ab: „Wo eine Wallfahrtskirche steht, ist
das Wirtshaus nie weit. Oder warum ist denn
das Kloster Andechs so erfolgreich? Bier und
Kirche - das gehört seit jeher zusammen wie
Kirche und Friedhof. An Hochfesten Helles und
zur Fastenzeit Dunkles!
Bei der Freiwilligen Feuerwehr Hürrlingen
jedenfalls steht bei einem Zelt-Gottesdienst die
geistliche Botschaft an allererster Stelle – und
nix anderes, Herr Pfarrer!

Prost!"

Prost!

In diesen weihevollen Augenblick der Stille
und Besinnung platzt der Breitmann Sepp,
Vizepräsident der Freiwilligen Feuerwehr
Hürrlingen. "Schorsch, Schorsch", strahlt er,
aufgrund seines Bierbauches ein bisschen
kurzatmig. "Das Zelt ist rappelvoll! Wir hätten
am Samstagabend eine Maiandacht machen
sollen. Dann hätten wir dreimal so viel Bier
verkauft ."

Amen !

Doch nicht bei jedem Verein ist immer „heile Welt" angesagt., Manchmal brodelt es in der Tiefe, egal ob die Gruppierung aus mehr Männern oder Frauen besteht. Dabei ist ungeklärt, ob die Auseinandersetzung als Zickenkrieg oder Hirschkampf ausgetragen wird.

Zickenkampf - Zoff beim Frauenbund

Alphatier bezeichnet die Verhaltensforschung das Leittier einer Herde oder eines Rudels und ist nach Alpha, dem ersten Buchstaben im griechischen Alphabet benannt. Alphatiere sind also die „ersten", in der Rangordnung der am höchsten stehenden Tiere ihrer Gruppe. Treffen dann zwei oder mehrere Alphatiere aufeinander, entsteht häufig hohes Aggressionspotenzial, d.h. manchmal fliegen dann die Fetzen.

Traudl Mannhard, eine füllig-barocke Dame, war für ihre Figur mit silbernen Leggings und hüftlangem lila T-Shirt fast ein bißchen zu modern gekleidet. Sie hatte das Amt der Frauenbund-Vorsitzenden über 20 Jahre begleitet.

Maria Schwarzberg, die Neue und Nachfolgerin hingegen – war fast asketisch schlank mit grauem, im Herrenschnitt modischen Hosenanzug. Sie hatte auch bereits über zehn Jahre Führungserfahrung im Dorffrauenbund gesammelt.

Man brauchte nicht lange, um die Spannung zwischen den beiden Führungs- und Ex-Führungsdamen zu erspüren. Und schon bald brach das Hauptspannungsfeld zwischen Traudl Mannhard und Maria Schwarzberg auf. Weihnachten, das oft als Fest der Liebe benannte, zeichnete sich am Horizont ab. Einer der Veranstaltungshöhepunkt im Müttervereinsjahr war der Ausflug zu einem Christkindlesmarkt.

Maria Schwarzberg hatte bereits in den letzten Monaten ihrer Amtszeit einen Ausflug nach Heidelberg vorgeschlagen. Warum sich Traudl Mannhard nicht darauf einlassen wollte, sondern Landshut als Reiseziel vorschlug, war ihr Geheimnis.

Und so tauschten die beiden Damen im Pfarrsaal des Dorfes mehr oder weniger sachliche Argumente aus, um die Schäflein für ihr jeweiliges Reiseziel zu gewinnen. Die Auseinandersetzung der beiden Alphatiere mutete wie der Kampf zweier Steinböcke an, die mit ihren gewaltigen Hörnern gegeneinander anrannten. Oder das dumpfe Aufeinanderprallen zweier Bisons zur Paarungszeit, die ihre Hirnplatten zu zerschmettern drohten. Jedenfalls konnte ich nichts von einer christlich-friedlichen Annäherung der beiden bemerken. Mir erschienen die Mitglieder des Müttervereins hin- und hergerissen zwischen der Loyalität zur alten und der Unterstützung der neuen 1. Vorsitzenden. Schließlich traf Traudl Mannhard eine klare Entscheidung: „Wer mit mir nach Landshut fahren will, soll sich in meine Liste eintragen. Die anderen können machen was sie wollen. Basta!"

Die Schlacht war geschlagen und mir ging durch den Kopf, daß bei manchen Auseinandersetzungen zwischen Menschen selten Begriffe aus der Tierwelt, wie Alphatier gebraucht werden.

Sondern es kommen eher Ausdrücke aus der Modewelt zur Situationsbeschreibung zum Tragen , wie z.B. „Sie hat die Hosen an."

Friedensstiftende Ereignisse sind oft das Maibaumfest, das Gartenfest oder das Pfarrfest. Solche Dorffeste sind manchmal Treffen der Versöhnung, aber Horte der Lust oder auch Orte des Abgrunds. Dabei kann man Dinge erleben, die man dem einen oder anderen Mitdörfler nicht zugetraut hätte. Auch wenn der Alkohol bald den gnädigen Mantel des Schweigens darüber gebreitet hat.

Das Gartenfest

Mit zu den Höhepunkten in vielen dörflichen Festzyklen und Kulturveranstaltungen gehört zweifellos das jährliche Gartenfest. Stilgerecht präsentiert mit Fassbier und Bratwürsten und garniert dann zur musikalischen Erbauung mit den Klängen der Dorfblaskapelle, um die Ohren des Festpublikums auf Polka und Dreiviertel-Takt zu justieren.

Tom, ein Späthippie aus den 1968er Jahren trug trotz nahem Rententermin sein Haar immer noch schulterlang, wenn auch von unüber-sehbaren Silberfäden durchzogen. Zum Gartenfest hatte er auch sein Blumenhemd angelegt, das zwar leicht verwaschen war, aber zum Kaschieren seines Bauches immer noch gute Dienste leistete.
Er bereitete eine seiner berühmt-berüchtigten handgerollten Zigaretten mit Spezial-Tabakmischungen. Neugierig beäugten die Kinder vom Nachbartisch, was denn der Onkel da so alles in das Zigarettenpapierchen hinein-streue. Etwas irritiert, doch Gottseidank trotz der Hopfen- und Malz-Einwirkung noch

geistesgegenwärtig klärte der Dorfhippie die Kleinen auf: 'Ach wisst ihr, das ist Tabak mit Vanillegeschmack.' Obwohl die Kleinen etwas ungläubig schauten und die Antwort offensichtlich als nicht befriedigend zu erachten schienen, blieben glücklicherweise weitere Fragen zum Thema Tabakmischungen aus.

Die allgemeine Stimmung stieg im anteiligen Verhältnis zum Bierkonsum. Über manche der Gartenfestbesucher legte sich allmählich eine Art sommerlicher Bewusstseinsbefreiungs-nebel. Und wo noch wenige Meter neben dem Festplatz am Vormittag im Gottesdienst der Dorfkirche mehr oder weniger wahre Demut und scheinbare Züchtigkeit regierte, wurde am Spätnachmittag die Eröffnung des Ortes temporärer Ruchlosigkeit ausgerufen: 'Die Bar ist eröffnet !', verkündete der Blaskapellen-Dirigent in das Mikrofon. Dieser Platz der Schnapsverabreichung, alias sanktionierten Alkohol-Drogenausgabe, erwies sich alljährlich als Stelle des Männlichkeitskultes , sowie weiblicher Enthemmtheit. Einhergehend mit vorübergehendem Tugend- und Schamverlustes so manches braven Mannes und manch züchtigem Weibes ….

Auch seine katholische Hochwürden hatte das bescheidene Konsumquantum von Gottes-dienst-Messwein in reichliche Mengen von Festbier getauscht. Und so ließ sich der Herr Pfarrer zum Gejohle seiner Dorfschäfchen zu einigen zotigen Witzen hinreissen. Dabei gehörte der folgende noch zur Kategorie 'harmlos': „Der Sohn hat ein Zeugnis ausschliesslich mit Einsern nach Hause gebracht. Nur in Religion hatte er eine Sechs. Die Rückfrage des Vaters beim Religionslehrer ergab, dass der Sohn nichts über Jesus' Tod wusste. Die Mutter lamentierte: Aber Vater, wie soll unser Bub denn so etwas auch wissen. Wir sind doch so arm; wir haben kein Radio und keinen Fernsehapparat. Wir wussten doch alle nicht, dass dieser Jesus so krank war!"

Doch den Vogel schoss der Herr Pfarrer mit
seiner gewagten, von einigen Bierchen und
Hochprozentigem veredelten Interpretation
des vormittäglichen Predigtspruches ab.

Während er noch in der Kirche ernsthaft-
würdevoll geäussert hatte: „Der Herr segnet
diejenigen, die hauptberuflich Liebe weiter-
geben!" wurde daraus am Nachmittag im
Dunstkreis der Bartheke leicht lallend: er sei ein

hauptberuflicher Liebesgeber! Die schnaps-
getränkte Dorfjugend tobte .....

Ein Gartenfestbesucher hatte sich nach einigen
Obstlern mit der Bedienung der Dorfwirtschaft
auf eine unerklärliche Diskussion über die
Integration von Migranten verstrickt. Das
Argumentationspotenzial der Dame war bereits
mit mehreren, nicht gezählten Wiskey-Cola
angereichert. Und so wurde der Disput der
beiden alkoholbedingt in etwas undeutlichen
Sätzen bestritten.
Nur wenige Meter Bar-abwärts fand eine reale,
wenn auch richtungsverkehrte Integrations-
handlung statt. Das philippinische Aupair-
Mädchen des ortsansässigen Steuerberaters
hatte den jüngsten Sohn des dörflichen
Geflügelzüchters in Arbeit. Dabei ging die
junge exotische Schönheit mit Mund und
Händen derart geschickt und gleichzeitig
dynamisch zu Werke, dass zu befürchten war,
dass der ziemlich verdutzte Federvieh-Kron-
prinz wohl am Ende dieser asiatiaschen
Bedrängung unterliegen würde.

Die Erkundung des anderen Geschlechtes fand
auch andernorts auf dem Gartenfest statt.
Hannelore, die Gattin des Stadtrates und damit
einer Art Dorf-'First Lady' war in eine ziemlich
vertrauliche Position mit einem Schönling aus
einem Nachbardorf gegangen, der auch als
berühmter Gitarrenspieler galt. Frau Stadtrat
gab dabei ein hühnerhaftes Gegackere von sich,
das möglicherweise durchaus auch lustvoll
klang, was aber phonetisch nicht beweisbar
war.
Man konnte meinen, daß die Fingerhaltung des
Gitarrenschönlings auf der feisten rechten
Pobacke von Hannelore 'Stadtrat' eindeutig
den Gitarrengriff Cis-Moll abbildete. Die
weiteren Akkordfolgen, die der Gitarrissimo
in Hannelores Gesässfleisch drückte, waren
kaum mehr erkennbar. Die meisten Beobachter
der Szene konnten aufgrund des Bierkonsums
ihre Umwelt nur mehr schemenhaft wahrnehmen.

Gegen Ende des Gartenfestes posaunte die
Blaskapelle wie üblich das vermeintlich
ehrwürdige '….. und erhalte dir die Farben
deines Himmels weiss und blau.' aus der

bayerischen Hymne in den Nachthimmel. Nur die wenigsten Gäste bemerkten noch, wie einige Mitglieder des Soldatenvereins beim Erschallen dieses feierlich-freistaatlichen Liedes zumindest innerlich in militärischer Grundstellung strammstanden. Und wahrscheinlich werden auch nur wenige Gartenfestbesucher in diesem ehrwürdigen Augenblick daran gedacht haben, wieviele Politskandale und Steuerverschwendungs-Affären von diesem Lied schon begleitet worden waren.

Man sieht sie heute überall: die Anhänger der Finger- und Daumenintelligenz. Zu Fuß im Bus, verbotenerweise auch bei Auto- und Fahrradfahrten. Die Online-Jünger malträtieren ihre Handys, Smartphones oder ihre Tablets ohne Rast und Gnade. Das Getippe wäre ja noch hinzunehmen, doch die Kakophonie der Klingeltöne – also der Missklang dieser Laute, Töne und Geräusche, nicht besonders unangenehm oder unästhetisch klingen würde. Und die vielen Telefonate sind auf Dauer nur von Schwerhörigen zu ertragen, denen die Batterie ihrer Hörgeräte ausgegangen ist.

„Hans guck' in die Luft"

Also manche Leute unter uns kennen ihn wahrscheinlich noch. Vor allem die noch wissen. dass man ein Buch auch zum Lesen und nicht bloß zum Unterlegen von Schränken oder Sofas hernimmt.

Genau: die kennen ihn auch noch den „Hans-Guck-in-die-Luft". Der Junge aus der Erzählung von Wilhelm Busch. Den Knaben, der immer bloß mit dem Blick zum Himmel unterwegs war. Deshalb hat er erst einen Hund über den Haufen gerannt und ist zum Schluß stolpernd mit seinem Schulranzen in einen Bach geflogen.

Heute leiden viele, vor allem junge Menschen zum einen an einer Art von Nackensteifheit, die durch das Senken des Kopfes nach unten hervorgerufen wird. Sie schauen nämlich nicht mehr wie der Hans-guck-in-die-Luft nach oben, sondern sie schauen bevorzugt nach unten. Nämlich auf den Monitor, also den Kleinbildschirm ihrer Handys, bzw. den ihrer Smartphones oder des Tabletmonitors.

Der Sturz des Hans-guck-in-die-Luft von
damals über den Hund und in einen Bach ist
im Vergleich zu den heutigen Glotz-Ergeb-
nissen halb so schlimm. Viele junge Menschen
wissen zwar hochinteressante, wichtige Dinge,
die sie mit Hilfe ihrer Smartphones oder
Tablets herausfinden, wie z.B.

- die aktuellen Pizzapreise von Wellington
  in Neuseeland

- oder die Straßenbahn-Fahrzeiten von
  San Franzisco

Aber was die Handy- und Tablet-Gucker nicht
sehen, ist das Blühen von Blumen und Büschen,
deren Duft sie auch nicht wahrnehmen, das
Singen der Vögel oder das Rauschen der Blätter
in den Bäumen. Diese Glotzer sehen auch kaum
die reale Welt unmittelbar um sich herum, wo
der ganze Dreck und Plastikabfall scheinbar
keine Rolle mehr spielt. Und so geht in unseren
Tagen die Natur langsam aber sicher den Bach
hinunter. Und wie es in einem Spruch heißt:
erst stirbt die Natur, dann der Mensch.

Oder wie es der englische Naturforscher
Charles Darwin (1809 -1882) formulierte: „Alles
was gegen die Natur ist, hat auf Dauer keinen
Bestand."

Mit dem Tablet am Meer und in der Badehose

Lassen Sie mich noch fragen: wie hoch ist die
Informationsqualität Ihrer aus Facebook,
Google, Konsorten und anderen sog. social

media-Anbietern gewonnenen Daten? Für mich handelt es sich dabei um meist minderwertige, vernachlässigungswürdige, also überwiegend wertlose Informationen.

Doch wie heißt es so schön: „Chacun à son goût" – „Jeder nach seinem Geschmack.

Apropos social media und (Atom)energie. Vor einigen Jahrzehnten gab es einen Witz: Warum darf man den Schokoriegel Mars nicht auf den Planeten Mars schießen?

Ja, weil Mars die verbrauchte Energie sofort zurückbringt. Mehr zu ‚verbrauchter Energie', besser zu ‚strahlender Energie' in der nächsten Geschichte ...

Das „strahlende" Gemüseparadies

Fährt man auf der Autobahn in Richtung Stuttgart bis nach Burgau und biegt dort nach Norden in Richtung Gundelfingen, erreicht man die Ortschaft Peterswörth, mitten im schwäbischen Gemüseanbaugebiet, quasi dem sogenannten Gemüseparadies.

Schaut man dort an einem Herbsttag, an dem langsam die Sonne durch den Nebel bricht nach Osten, sieht man dort den kleinen Kirchturm von St. Peter und Paul. Das Kirchlein im Donaumoos wurde schon im Jahr 1738 erbaut. Lange vor einem anderen imposanten Bauwerk, das gleich hinter St. Peter und Paul steht.

Manchmal ragen hinter der Dorfkirche auch die gewaltigen grauen Kühltürme des Atomkraftwerks Gundremmingen in den Himmel, dem einen von vielen ach so sicheren AKWs. Dort ist ja angeblich nie etwas Nennenswertes passiert, z.B. ein Störfall oder so. Zumindest hat man nichts davon gehört. Nun gut, Tschernobyl, Fukushima – ach, alles schon lange vergessen. Naja, der Fallout, also die atomaren Niederschläge von Tschernobyl in der Ukraine, wirken ja noch ein bißchen nach bei Pilzen und

Wildbret in Skandinavien und Mitteleuropa
zum Beispiel …
Aber dafür wachsen heute die Birken in den
Wäldern von Tschernobyl wieder besonders
gut und die Wölfe sind auch zurückgekehrt.
Menschen leben dort natürlich keine mehr. Und
die damaligen Bewohner – die zu Zeiten der
Kernschmelze dort gewohnt haben - die sind
inzwischen alle gestorben.

Und wer erinnert sich schon an Ohu in
Niederbayern, Temelin in Tschechien , Three
Miles Island in Pennsylvania / USA, Sellafield
an der Irischen See in Nordwestengland. Alles
Orte mit mehr oder weniger schlimmen
Atomunfällen. Alles längst vergessen.

Doch was kann einem schon passieren, wenn
man nach dem Motto lebt:
Was scherst du dich um Weib und Kind,
Hauptsach' der FC Bayern (Synonym) g'winnt.

Der Transvestit

Die christlich-religiöse Erziehung des Abendlandes hat bei vielen Menschen eigenartige Blüten getrieben. Insbesondere die Orientierung bei der Sexualität.

Das ist nicht weiter verwunderlich, wenn einem schon als Kind die folgende Zählreihe nahegebracht wurde:

Eins – zwei – drei – vier – fünf - *pfui* - sieben.

Eine interessante Sichtweise zum Thema „Sexualität" hat dazu ein Philosoph beigetragen. Der meinte, daß ein fehlender Sinn den Menschen führbar macht, z.B. den Blinden, den Tauben oder den Lahmen.

Daher haben nach dessen Auffassung Kirchen dem Menschen seinen 6. Sinn geraubt, um ihn besser führbar zu machen.

Natürlich ist die Sexualität des Menschen kein Zuckerschlecken. Sie beeinflusst seine Psyche, seine persönliche Entwicklung und da zwischen Sexualität der Frau und der Sexualität des Mannes teils erhebliche Unterschiede bestehen, führt diese Diskrepanz bei der Heterosexualität zu mannigfaltigen

Abstimmungsschwierigkeiten zwischen den Geschlechtern.
Der kirchliche Schutzschirm kann aufgrund mangelnder Anpassung auf beiden Seiten auch in sexuellen Funktionsstörungen bei Frau und Mann hilfreich sein.

Außer der am weitesten verbreiteten Ausrichtung des Sexualverhaltens, der Heterosexualität, weist das Sexualverhalten des Menschen weitere spezielle sexuelle Orientierungen auf. Dazu gehören die Homosexualität, oder die Asexualität, bei der keinerlei Verlangen nach Sex – weder mit dem männlichen noch weiblichen Geschlecht – besteht.

Letztlich wissen viele Erwachsene über sexuelle Entwicklungen oder Risiken immer noch nicht so genau Bescheid. Manche glauben, daß z.B. ein Transvestit etwas Gefährliches sei. Dabei hat ein Transvestit nur die Neigung, die Kleidung des anderen Geschlechts zu tragen. Zur vertiefenden Betrachtung und Entschärfung des Begriffes „Transvestit" kann vielleicht das nachfolgende Lied einen kleinen Beitrag leisten.

Das kann man zu beliebigen Melodien singen.
Besonders elegant klingt es zum englischen
Original „Lola".
https://www.youtube.com/watch?v=LemG0cvc
4oU

Lola

Ein Meter 87 mit 90 Kilo oder so
Dazu trinkt sie Jim Beam und schluckt in rein wie
ein Cola
C-o-o-l-a Cola

Sie schwankt her zu mir und macht keine Tänz'
Ob ich öfter herkäme, hebt die'Augen, sagt ich heiße
Lola
L-o-l-a   Lola   la-la-la-la   Lola

Verleimt wie ein Gestell, fast die Füße überkreuzt
Und sie quietscht wie nicht gescheit, dass ich fast
weine, mein Gott Lola, oh Lola
Gell, wie sie trampelt,   ja da wackeln die Wände
ja sie klingt wie ein Mädchen, doch sie hat
Männerhände, ja die Lola
L-o-l-a   Lola   la-la-la-la   Lola

Schnell `nen Jim Beam hinein, und getanzt wie
nicht gescheit
Unter dem elektrischen Kerzenschein
Sie küsst mich ab und setzt mich auf ihr Knie
Und sagt: Liebling kommst du mit heim zu mir?

Gell, sei doch nich so wild, hast Pech ich bin heut
nicht geil
Pah, wenn ich sie lupfe mich zerreist's, du lüsterner
Kerl, ja du Lola

L-o-l-a

Rock Requiem

Rock'n'Roll und Requiem sind Begriffe, die
eigentlich nicht zusammenpassen.
Das Requiem, auch Sterbeamt bezeichnet, läßt
normalerweise nur getragene kirchenmusika-
lische Kompositionen für das Totengedenken
zu. Doch es gibt auch Alternativen ...

Warum er Rockmusiker – und zwar einer der
harten Sorte - war, haben wir nie ergründet.
Sein Vater jedenfalls war laut seinen Erzählungen nicht schuld daran: dieser war weder
Revoluzzer noch ein schwacher, ja schon gar
kein autoritärer Vater.
Der Rockmusiker Joe war nicht gerade wie
Falschgeld in der Dorfgemeinschaft. Doch
irgendwie paßte er auch nicht so ganz in die
Trachtenhut-Lederhosen-Welt: es war auch
nicht unbedingt sein Künstlername „Joe", der
störend gewesen wäre. Zugegeben - seine
schulterlangen schwarzen Locken waren für
einen Endvierziger ungewöhnlich, obwohl
einige Silberfäden in seiner Haarpracht schon
auf das Ende seiner Jugend verwiesen.

Sein knackiger Körperbau mochte bei mancher Nachbarin vielleicht genauso viel Bewunderung hervorrufen, wie bei seiner männlichen Nachbarschaft die Eifersucht steigen lassen. Das wahre erotisierende Konfliktpotenzial trat jedoch in den Sommermonaten zu Tage. Da sah man Joe desöfteren in langer Lederhose – hauteng und schwarz – bei der sich nicht nur

sein String Tanga abzudrücken schien. Dazu flanierte er mit einem leuchtend weißen Netzunterhemd durch das Dorf. Und Joe war auch der Typ, der beim ersten Sonnenstrahl Farbe annahm und in Kürze gebräunt wie nach einem zweiwöchigen Mallorca-Urlaub aussah.

Und da war noch sein unglaubliches Gitarren-spiel. Wenn er manchmal beim Üben das Fenster gekippt oder gar offen ließ, traute man seinen Ohren kaum. Er konnte seine Gitarre wie Santana jaulen oder würgen lassen wie Jimi Hendrix. Stakkato-artige Klänge fast wie Steve Lukather oder Bluesiges wie Eric „Slowhand" Clapton gehörten zu Joes Repertoire. Mit den richtigen Beziehungen in die Musikszene hätte er bestimmt einer der ganz Großen werden können.

Doch Joe liebte auch das Leben mit Wein, Weib und Gesang – genauer Bier in reichlichen Mengen, Weib ebenso reichlich und auch ein bißchen Gesang. Und ebenso die selbstge-drehte Zigarette, vor allem mit den unbefruchteten weiblichen Blüten der Hanfpflanze, stand bei Joe hoch im Kurs.

Ob das auch zu seinem frühzeitigen Ableben führte? Wer weiß?

Denn dieses Jahr war Schluß mit lustig. Joe war mit blühenden 52 Jahren in die „Ewigen Gitarristen-Jagdgründe" eingegangen. Eine schlimme Krankheit hatte ihn viel zu früh dahingerafft. Joe wäre nicht er gewesen, wenn er eine traditionelle Beerdigung verlangt hätte. Mit seiner letzten Lebensgefährtin hatte er etwas Ungewöhnliches vereinbart. Sie hatte dafür Verständnis. Nicht umsonst hatte es Joe mit ihr länger als mit jeder seiner vorherigen Ehefrauen ausgehalten. Sie tat seinen Freunden und Bekannten seinen letzten Wunsch nach seinem Ableben kund: eine Party mit seinen Musikerfreunden im „Affenkäfig", einer Musikerkneippe in einem schmucklosen Industriegebiet.

Und alle kamen Sie zu Joe's Requiem-Party - einer echt schrägen, aber äußerst authentischen Veranstaltung. Zu diesem Musikertreff gaben sich in die Jahre gekommene ergraute Lang-haar-Zeitgenossen und silberfarbene Pferde-schwanzträger ein Stelldichein. Ebenso fanden sich Bierbäuchige unter AC/DC-T-Shirt und andere, tätowiert von den Ohren bis zum großen Zeh ein. Auch die Ladies aus Joe Dunstkreis gaben sich die Ehre: Frauen im Mini-Rock, den besser ihre Enkelinnen getragen hätten. Und Dekolletes mit einer Ausschnitttiefe, bei denen man fürchten mußte, dass jeden Moment ihre „Äpfelchen" über den Tisch gerollt wären. Schließlich gab sich eine „Best of"-Musikerformation die Ehre und bewegte ihre Instrumente auf der Bühne, sofern man nicht von Fettleibigkeit oder Gicht eingeschränkt war. Bei den letzten Sonnenstrahlen klangen „Sweet Home Alabama" und „The Breeze" in den Nachthimmel, wo man Joe's neuen Aufenthaltsort vermuten konnte.

Onkel Erich - und die musikalische Verknappung

Zugegeben: Erich wuchs zwar auf dem Dorf auf. Doch seien wir ehrlich – ein guter Landwirt wäre er wahrscheinlich nie geworden.
Erich war so etwas wie ein Geschäftemacher. Schon als junger Mann hatte er das berühmte „Goldene Händchen" für jede Art von Geschäft.
Den Erzählungen nach handelte er am Ende des Krieges mit Koffern, scheinbar ein enormer Markt, in dem Erich die ersten größeren Summen verdiente. Es folgten erfolgreiche Tätigkeiten in der Bau- und Immobilienbranche. Schließlich übernahm er in den 80er Jahren ein großes Hotel an einem der renommierten Alpenferienorte. Vier Sterne strahlten von den Prospekten und vom Eingangsportal.
Erich war nicht nur der Besitzer des Hotels, sondern er übernahm auch das Amt des Direktors. Gegenüber seinen Gästen, durchwegs Angehörige der Oberklasse bzw. dem Geldadel, gab er sich passend zu seinem

Hotelstandort in einem Bergdorf volkstümlich-rustikal.

Niemand weiß es genau, woher das Gerücht kam. Hatte es einer von Erichs Gästen oder sogar er selbst in die Runde gestreut? Egal, jedenfalls hieß es, Erich könne jodeln. Dies befeuerte natürlich seine noble Gästeschar und alle wollten den Herrn Direktor und seine Fähigkeiten im alpinen Jodelgesang hören. Ein Abend in der Hotelbar war anberaumt, an dem Erich als Jodel-Solist sein Debut geben sollte. Doch die Hotelgäste hatten die Rechnung ohne den Direktor gemacht. Denn Erich ließ sein Publikum wissen, daß für seine Darbietung eine Gage von € 500 fällig wäre. Nun – die betuchten Gäste legten zusammen, um das besondere Jodelkonzert zu genießen. Ob sie nun zähneknirschend der Veranstaltung folgten oder sich verärgert abwandten, ist nicht bekannt. Gesichert ist die Tatsache, dass der völlig unmusikalische Erich einen Jodelvortrag zum Grausen ablieferte. Sein Vortrag ähnelte einer Mischung aus dem Grunzen von Alm-ochsen oder den Tönen von Berghirschen während der Brunftzeit.

Doch wer sensationslüstern ist, muß manchmal auch büßen.
Erich jedoch strich hemmungslos seine Gage ein und zog sich gleich einem großen Star in seine Gemächer zurück.

Erichs Jodelkonzert

Mancher Musiker könnte auch von dieser „musikalischen Verknappung" lernen, um sich nicht weiterhin nach seinen Auftritten wie ein Bettler mit dem Hut durchs Publikum zu bewegen.

Wie so oft in solchen Fällen wurde der Auftritt im Nachhinein schöngeredet und man gab sich stolz, dieses „Kulturereignis" erlebt haben zu dürfen.

Ob sich dieses Jodelkonzert negativ auf Erichs Hotelbuchungszahlen ausgewirkt hat, ist nicht bekannt. Jedoch lieferte dieses Ereignis wieder ein Beispiel von Erichs Geschäftssinn.

Der Hundsnix - eine Nachkriegskindheit

Nicht einmal das beinahe allwissende Internet kennt ihn. Den schwäbischen Ausdruck „Hundsnix". Google stolpert bei der Eingabe von „Hundsnix" zu Begriffen wie „Hund nix", „… mein Hund tut nix …" oder „Bayerischer Gebirgsschweißhund" bis hin zum „Trainingsplan für Jagdhunde: Hund dreht ab, steigt aus dem Wasser, haut ab, der Hund taugt nix. …".

Für meinen Fall durchwegs keine zielführenden Erklärungen. Meine liebe, überwiegend gutherzige Mutter jedenfalls gebrauchte das Wort „Hundsnix" für mich stets dann, wenn sie bei mir am Ende ihres elterlichen Erziehungsvokabulars angelangt war. Am ehesten hat sie mit „Hundsnix" wohl eine Wortverschmelzung aus „Taugenichts" und „fauler Hund" gemeint.

Das Internet existierte natürlich zu meinen Kindheitstagen in Schwaben während der frühen 50er Jahren des letzten Jahrhunderts noch nicht. Genauso wenig wie PC = Personal Computer , Laptop oder Handy …

Ja, liebe Kinder – oder Kids, wie man heute auf Neudeutsch sagt - und trotzdem war damals ein Leben, ja sogar ein Überleben möglich.

Mein Elternhaus, eigentlich ja Mutterhaus - weil Mama war alleinerziehend – stand in der damaligen Bergstraße, also zwischen St. Gabrielkirche und der Amikaserne. Letztere beherbergte damals ein paar tausend amerikanische Besatzungssoldaten, die kurz GIs (=government issued) hießen. Für uns Kinder war die Kaserne eine Art geheimnisvolles Wunderland, das sich nur einmal im Jahr zum „Tag der offenen Tür" erschloß. Da gab es dann gelegentlich Geschenke in Form von Ice cream, Wrigley-Kaugummis oder Hershey's-Schokolade. Häufiger erlebte ich jedoch zitternde Fensterscheiben, wenn die Ami-Panzer vom Manöver zurückrasselten oder grölende Soldaten, die von ihren Zechtouren in die Kaserne zurücktorkelten.

Lange war ich auch der Meinung, daß Pizza Pie ein amerikanisches Gericht sei, das zwar u.a. im italienischen Ristorante Verona zubereitet wurde, jedoch eines der Hauptnahrungsmittel der GIs zu sein schien. Allerdings bekam ich den Pizza Pie meist nur in unschöner Form, in einer Art wiedergekäuten Form auf Gehsteigen zu sehen. Nämlich dann, wenn ihn die Amis – vermutlich in Verbindung mit zu viel Chianti oder *German Beer* auf dem Weg zum Kasernen-Haupttor wieder von sich gegeben hatten.

Auch der sonntägliche Kirchgang zur Gabrielkirche wurde von den Besatzern geprägt. Führte der Weg zur Kirche doch vorbei am Sündenpfuhl „Shangri-La", einem Striptease-Nachtclub. In dessen Schaufenstern prangten Fotos von leichtgeschürzten Tänzerinnen, deren Oberhälfte züchtig mit stecknadel-befestigten Papierstreifen den spannendsten Teil verbargen. Versagten die Stecknadeln mal ihren Dienst, dann wurden Dinge sichtbar, die genauso rund wie meine geweiteten Augen waren, wenngleich in den Proportionen wesentlich größer.

Ein unscheinbarer, jedoch ebenfalls mysteriöser Ort lag in der Nähe des Zentralfriedhofs: das sogenannte „Franzosenkreuz". Zugegeben nur ein schlichtes, etwa vier Meter hohes Holzkreuz ohne Aufschrift und Verzierung. Mama berichtete jedoch in ihrer blumenreichen Erzählart, daß hier in den letzten Kriegstagen einige Franzosen erschossen worden seien. Der Schauder bei diesen

Gedanken verbot mir jedoch, die Einzelheiten dieser Geschichte zu hinterfragen. Ebenso geheimnisvoll wie die Ami-Kaserne und das Franzosenkreuz war der Garten des sog. „Lungenkrankenhauses", damals betrieben von einem Nonnenorden. Durch die Hecken erkannte man fragmenthaft die ausladenden weißen Hauben der Schwestern, die nahezu ohne Bodenberührung durch den Garten zu schweben schienen. Eine Zeit lang machte mich meine Schwester glauben, daß man dort im Vorbeigehen die Luft anhalten müsse, um sich „nicht mit der Lungenkrankheit anzustecken". Ach ja, die Klosterschwestern. Kürzlich besuchte ich den Kindergarten, in dem ich meine Vorschuljahre und die Zeit nach dem Schulunterricht der ersten Klassen zubrachte. Ich kam mir ein bißchen vor wie Gulliver im Zwergenland. Alles war heute so klein und winzig. In Gedanken konnte ich fast noch den Lindenblütentee schmecken, mit dem wir damals anstelle von Cola und Limonade unseren Durst stillten. Und unsere beliebte Hortleiterin Schwester Karoline ! Ich sehe noch heute, wie sie eines Mittags auf dem blankgewienerten Hortboden ausrutschte, zu Boden fiel und den Inhalt des riesigen silbernen Bottichs mit unserem

Mittagessen über sich ergoß. Welch ein Farbenspiel ! Karolines schwarz-weiße Schwesterntracht und darüber das grellorange „Rüabla'-g'müas'" (gelbe Rüben- oder Karottengemüse) …

Die Champs Elysées oder der Times Square, also die große, weite Welt meiner Kinderjahre war zweifellos die „Hauptstroß'", wie die Hauptstraße von unserem Vorort ins Stadtzentrum in die im Volksmund hieß. Zum einen die Glitzerwelt des Kaufhauses Bergmann , die Capri-Eisdiele – wo man für 10 Pfennige (für Nach-Euro-Geborene = fünf Cent) eine Kugel Bananen- oder Erdbeereises genießen konnte und die Wunderwelt des Leodon-Kinos, wo Tarzan fast leibhaftig an einer Liane durch den Kinosaal flog. Für den Luxus eines Erdbeereis oder gar einer Kinokarte mußte man allerdings schon viele leere Pfandflaschen gesammelt und im Wirtshaus „Zur Goldenen Eiche" das Pfandgeld kassiert haben.

Apropos Geld! Wie die meisten meiner Freunde bekam auch ich kein Taschengeld. Man mußte sich durch Gelegenheitsarbeiten oder dem Sammeln von Pfandflaschen, Altpapier oder Kastanien etwas verdienen. Bei mir erwiesen sich auch dabei wieder die GIs als kaufmännische Entwicklungshelfer. Wir wurden desöftern zum Bierholen über den Kasernenzaun engagiert. Dafür gab es stets ein paar Zehnerla' extra. Eines Tages schenkte mir ein Amisoldat ein Playboy-Heft als „Tip", wie GIs zu Trinkgeld sagten. Beim Durchblättern bekamen meine Freunde und ich große Augen und in der Schule wollten bald alle Klassenkameraden „das Heftchen" anschauen. Und so verzichtete ich fortan bei künftigen Bier-einkäufen für die GIs auf das Münzen-Trinkgeld und ließ mich dafür mit gebrauchten Playboy-Heften entlohnen, mit deren Verkauf in der Schule sich ein Vielfaches des üblichen Trinkgeldes erzielen ließ.

Das Wort „Migration" gehörte zu meiner Kindheit noch nicht zum aktiven Wortschatz von Otto Normalverbraucher. Ausländer rangierten damals unter Sammelbegriffen wie Amis oder GIs, Flücht-linge oder Gastarbeiter. Die „Ithaker" galten – vielleicht wegen ihres schmackhaften Gelato, dem italienischen Speiseeis und den mit unseren ,Spätzla' rivalisierenden Spaghetti - schon damals als fast gesellschaftsfähig. Dagegen empfand man die griechische Familie und „Jugos" in der

Nachbarschaft als exotisch und ein bißchen geheimnisvoll.

Und Ende der 50er waren dann auch sie da: Jussuf und Turgut aus der Türkei – wo immer dieses Land auch liegen mochte. Sie hausten in einem Holzverschlag auf dem Lagerplatz des benachbarten Baugeschäftes und redeten in einer absolut unverständlichen Sprache. Faszinierend für mich war ihre tägliche Hauptspeise: im Topf auf dem kleinen Gaskocher schmolzen sie zwei riesige Butterstücke und schnitten geviertelte Tomaten hinein. Diesen orientalischen Eintopf löffelten sie dann genußvoll aus dem Kochtopf. Und bald lernten meine Freunde und ich das erste türkische Wort: tamam, was so viel wie „in Ordnung" oder „Ok" bedeutet.

Die jüngsten Diskussionen über körperliche Züchtigung von Schulkindern rufen mir auch Bestrafungen durch Lehrer während meiner Schulzeit in der Pestalozzischule in Erinnerung. Einer der härtesten Schläger war unser Kaplan, den alle Schulkameraden nur „Tom Dooley" nannten – warum auch immer. Seine Ohrfeigen waren gefürchtet. Noch heute sehe ich meinen Klassenvordermann Heinz, wie ihn eine von Tom

Dooleys knackigen Watsch'n durch die ganze Schulbank fliegen ließ.

Oder meine musikalische Störung des Werkunterrichts ! Aus Laubsägeblättern hatte ich ein kleines „Musikinstrument" ähnlich einer Marimba gebaut und ließ seine spitzen Töne durch den Werkraum schallen. Irgendwann machte mich der Herr Werklehrer Rutzner als den Störenfried aus. Das Langziehen meiner Ohren erschien Rutzner als Strafe nicht ausreichend. Also griff er zu einem Stückchen Sandpapier und rieb damit so lange an der Hinterseite meiner Ohren, bis diese blutig aufgescheuert waren. Aus Scham wagte ich nicht, daheim von diesem Vorfall zu erzählen; vielleicht auch aus Angst davor, noch zusätzlich ein paar Ohrfeigen zu bekommen.

Haben Sie eine Geruchsphantasie? Falls ja, können Sie sich auch den typischen Geruch meines Stadtteils vorstellen. Diesen steuerte an manchen Tagen die Chemische Fabrik bei – eine leicht ätzende Geruchsmischung mit dem Duft aus Bohnerwachs und Orchideenblüten durchzog dann den ganzen Stadtteil. Ob das wohl gesund war? Vielleicht wurde man ja dadurch schöner …

Mord und Sühnekreuz

Es gibt sie in manchen Dörfern: die unheimlichen Plätze oder Ereignisse. Wer aufmerksam über den hiesigen Dorffriedhof geht, entdeckt bei der kleinen Leichenhalle ein steinernes Kreuz. <u>Sein</u> Querarm und der Kopfteil sind im Original erhalten, während der Unterteil aufgemauert ist. Das Kreuz hat die Form eines Eisernen Kreuzes, einer preußischen Kriegsauszeichnung aus dem frühen 19. Jahrhundert. Es ist zwar nur etwa 40 cm hoch, dafür kann es auf eine spannend-gruselige Entstehungsgeschichte zurückblicken.

So erzählt die Gerichtschronik folgendes Ereignis aus dem Jahr 1501. Ein gewisser Karl Miller aus dem Nachbardorf kehrte im selben Jahr in der hiesigen Taverne ein. Vermutlich durch reichhaltigen

Bierkonsum bekam er dort Streit wegen einer Nichtigkeit mit dem angetrunkenen ortsansässigen Pius Brandner. Brandner wurde daraufhin aus der Wirtsstube unsanft ins Freie gesetzt. Doch anstatt zu Hause seinen Rausch auszuschlafen, lauerte er Miller auf dessen Heimweg auf. Brandner überfiel den Kontrahenten und verletzte ihn mit einem Stein an dessen Kopf so schwer, daß Miller auf der Stelle sein Leben aushauchte.

Obwohl die Tat zwar offenkundig und der Täter bekannt wurde, blieb er jedoch zunächst von einer Bestrafung verschont. Erst als 1532 die bischöfliche Gerichtsordnung eingeführt wurde, mußte sich der Totschläger vor Gericht verantworten. Das Strafmaß mutet in unserer Zeit sehr eigentümlich an: am Ort des Geschehens mußte der Übeltäter ein steinernes Sühnekreuz aufstellen. Ferner wurden ihm das Lesen von fünf Seelenmessen in der Heimatkirche des Opfers auferlegt. Neben diesen Sühnemaßnahmen wurde er zu Pilgerfahrten nach Einsiedeln, Santiago de Compostela und Rom verurteilt. Diese mußten von der jeweiligen örtlichen Kirchenverwaltung schriftlich bestätigt werden. Außerdem hatte er an die Verwandten eine Strafe von 500 Gulden zu zahlen.

Zur Einordnung des Wertes eines Gulden in der damaligen Zeit, seien folgende mittelalterlichen Kaufkraftangaben erwähnt: so betrug die Hausmiete eines Maurers jährlich 1,6 Gulden, während ein Bierbrauer jährlich 4 Gulden bezahlte. Ein Goldschmied hatte eine Miete von jährlich 10 Gulden zu entrichten. Der Kaufpreis für ein einfaches kleines Haus betrug 20 bis 30 Gulden, ein Handwerkerhaus war mit 40 bis 100 Gulden weitaus teurer und der Preis für ein Patrizierhaus lag bei ca. 800 Gulden

Nicht nur ein böses, sondern wahrhaft teueres Vergehen des Herrn Brandner …

Gustl Mair ist als Maler, Musiker und Buchautor aktiv

Bilderausstellungen

„B.O.L.P. - Bilder ohne Leinwand & Papier"
Gemälde auf Laub, CDs und Zigarrenkisten
www.sonimages.de/laubbilde index.html
Motiv: „Curepipe"
Technik: Gouache-Farben

„Gemalt, statt geknipst – Reisebilder"

www.sonimages.de/
reisebilder.htm

Motiv: „Place Jerusalem,
Avignon"
Technik: Pastellkreide,
Kohle, Tusche

Plastikwirbel – Collagen aus Plastikmüll

www.sonimages.de/
plastik.htm
Motiv: Jermae Pali
Moschee, Thandwe
Technik: Collage aus
Plastikmüll

Bücher

Schwäbische G'schichtla	Troph-enirs - skurrile Reiseerlebnisse von J.R. Reyma	Opa & der Rock'n'Roll

Mehr unter
http://www.sonimages.de/hoi-shop.htm,
libri, amazon und info@sonimages.de